ACHMET

ET

ALMANZINE,

OPERA COMIQUE

EN TROIS ACTES.

ACHMET
ET ALMANZINE

OPERA COMIQUE
EN TROIS ACTES.

De Le Sage & d'Orneval.

Remis au Théâtre par le Sieur Anseaume.

Représenté devant Leurs Majestés,
à Fontainebleau, le 25 Octobre 1776.

DE L'IMPRIMERIE
De P. Robert-Christophe BALLARD, seul Imprimeur
pour la Musique de la Chambre & Menus-Plaisirs
du Roi, & seul Imprimeur de la grande Chapelle
de Sa Majesté.

M. DCC. LXXVI.
Par exprès Commandement de Sa Majesté.

ACTEURS.

SOLIMAN , *Empereur des Turcs ,*   Le Sieur Suin.

AMULAKI , *Grand-Visir ,*   Le Sieur Narbonne.

ACHMET , *fils d'Amulaki ,*   Le Sieur Michu.

ATTALIDE , *fille d'Amulaki,* La Dlle. Dugazon.

ALMANZINE , *Esclave achetée pour Soliman ,*   La Dlle. Trial.

ZELICA , *Esclave achetée pour Achmet ,*   La Dlle. Adeline.

ALI , *Chef des Eunuques du Sérail ,*   Le Sieur Trial.

ZERBIN , *Eunuque ,*   Le Sieur Thomaffin.

ROXANE,
ARROYA, } *Sultanes ,*   La Dlle. Gaut.
La Dlle. Olivier.

PIERROT , *Confident du Grand-Visir ,*   Le Sieur Nainville.

ARLEQUIN , *Pêcheur ,*   Le Sieur Carlin.

USBECK , *Marchand d'Esclaves ,*   Le Sieur Gaillard.

TROUPE D'ESCLAVES du Grand Visir.

TROUPE DE PESCHEURS & DE PESCHEUSES.

La Scène est à Constantinople , d'abord dans la maison du Grand-Visir , & ensuite au Sérail.

ACHMET
ET ALMANZINE,
OPERA COMIQUE.

✿✿✿✿✿✿✿✿✿✿✿✿✿✿✿✿✿✿✿✿✿✿✿✿✿✿

ACTE PREMIER.

Le Théâtre repréſente un Periſtile de la maiſon du Grand Viſir.

SCENE PREMIERE.
AMULAKI, ACHMET, PIERROT.

Air : *De la Ceinture.*

AMULAKI, *à Achmet.*

O MON fils!

ACHMET.

Qu'avés-vous, Seigneur ?

A

AMULAKI.

Je viens de quitter sa Hauteffe....

ACHMET.

Eh bien?

PIERROT.

Ouvrez-nous votre cœur.

AMULAKI.

Je suis accablé de triftefle.

ACHMET, *à part.*

Que va-t-il nous apprendre?

AMULAKI.

Hélas!

PIERROT.

Qu'y a-t-il donc, Seigneur Amulaki?

Air : *Voulez-vous fçavoir qui des deux.*

Peut-on fçavoir quel déplaifir
Trouble l'efprit du Grand Vifir?

ACHMET.

Quelqu'un par de mauvais offices,
Cherche-t-il à vous perdre?...

AMULAKI.

Non.

PIERROT.

Veut-on, pour prix de vos fervices,
Vous donner le maudit cordon?

AMULAKI.

Achmet! plaignés votre malheureux pere. Il y a
quelques jours que j'eus l'imprudence de vanter devant le Sultan, la beauté d'Attalide votre fœur. Ce

jeune Prince s'en eft fouvenu, & voici ce qu'il vient de me dire.

Air : *L'autre jour j'apperçus en fonge.*

Apprend le defir qui m'agite.
Ta fille occupe Soliman.
Amene-la-moi. Ton Sultan
En veut faire fa favorite.

Ouf.

ACHMET.

Je ne vois là que du bonheur.

PIERROT.

Mais il vous fait bien de l'honneur.

AMULAKI.

Ahi !

PIERROT.

De quoi vous plaignez-vous ?

Air : *De quoi vous plaignez-vous.*

Le chef des Mufulmans
Vous choifit pour fon beau-pere :
Votre fille a vingt ans :
Ne perdéz point de tems.
Elle va devenir mere
D'une dóuzaine d'Infans.
Jarni ! laiffa la faire
De petits Solimans.

ACHMET.

Effectivement, ma fœur peut-elle avoir une defti-née plus glorieufe ?

A ij

AMULAKI.

Je fçais qu'elle ne peut jamais afpirer à un plus grand honneur ; mais je ne la verrai plus.

Air : *Pour paffer doucement la vie.*

Mon fils , je fuis un tendre pere ;
J'affectionne votre fœur :
M'ôter une fille fi chere ,
C'eft vouloir m'arracher le cœur.

PIERROT.

Air : *Je ne fçaurois.... j'en mourrois.*

C'eft avoir trop de tendreffe.
Entre nous , vous avez tort.

AMULAKI.

Je conviens de ma foibleffe.

ACHMET.

Faites fur vous un effort.

AMULAKI.

Je n'fçaurois.

PIERROT.

Satisfaites fa Hauteffe.

AMULAKI.

J'en mourrois.

ACHMET.

Air : *Comment faire.*

Ah ! puifqu'il y va de vos jours ;
Que pour en prolonger le cours,
Ma fœur vous eft fi néceffaire
Gardez là.

AMULAKI.

J'ai beau le vouloir.

Si le Sultan la veut avoir,
    Comment faire ?

ACHMET,

Air : *Pour faire honneur à la noce.*

Seigneur, la chose est aisée :
Il ne faut pas vous attrister.
Vous n'avez qu'à lui présenter
Une Attalide supposée.

PIERROT.

Oui, la chose est fort aisée :
Cessez de vous déconforter.

AMULAKI.

Eh ! où trouver, dans le moment, une fille qui puisse justifier le portrait que je lui ai fait de votre sœur ?

ACHMET.

C'est ce qui ne doit pas vous embarrasser. Nous avons à deux pas d'ici ce fameux Usbeck, marchand d'Esclaves : nous trouverons chez lui ce qu'il nous faut.

PIERROT.

Je crois qu'oui.

Air : *Comér ! j'ai un bon mari.*

C'est la perle des Marchands   (bis.)
Des Seigneurs les plus friands.
    Il a la chalandise ;
Car le drôle eut de tout tems
    De belle marchandise.

AMULAKI.

Eh bien, va lui dire qu'il m'amène la plus aimable
de ſes Eſclaves.

PIERROT, *s'en allant.*

J'y cours.

SCENE II.

AMULAKI, ACHMET.

AMULAKI.

M AIS, mon fils ; je veux que nous ayons le bonheur de trouver une Eſclave que nous puiſſions faire
paſſer pour votre ſœur ; je ne ſuis pas ſans inquiétude
ſur cette ſuppoſition.

ACHMET.

Qui peut vous inquiéter ?

AMULAKI.

Ne voyez-vous pas bien qu'il faudra que nous faſ-
ſions connoître à cette Eſclave l'artifice que nous
employons. Peut-être que ſon indiſcrétion...

ACHMET.

Oh ! ne craignez point cela. Quand vous l'aurez
inſtruite de vos intentions, vous verrez qu'elle ſera
flattée de l'honneur de paſſer pour la fille du Grand
Viſir.

Air : *Quand le péril est agréable.*

L'esclave fût-elle adorable ,
Je doute fort que ses beaux yeux ,
Près du Sultan la servent mieux
Que ce nom favorable.

Elle aura donc autant d'intérêt que vous à garder le secret.

AMULAKI.

Autre difficulté. Il se répandra bientôt dans Constantinople que ma fille est au Serail : mes domestiques sçauront le contraire , & tout se découvrira.

ACHMET.

Vous n'avez qu'à envoyer vos Esclaves à votre maison de plaisance, en prendre de nouveaux, & faire passer, dans l'esprit de ceux-ci , Attalide pour votre Niéce.

AMULAKI.

Oui-dà. Nous préviendrons là-dessus votre sœur.

ACHMET.

Sans doute ; mais il ne faut pas lui en dire la raison , ni qu'elle sçache que votre affection pour elle va jusqu'à la refuser au Sultan.

AMULAKI.

Pourquoi cela ?

ACHMET.

Air : *Amis , sans regretter Paris.*

C'est qu'il me semble que ma sœur,
De cette confidence,

Pourroit avoir plus de douleur
Que de reconnoiſſance.

AMULAKI.

Non , non ; je connais mieux que vous Attalide.
Hélas ! la pauvre enfant ne demande pas mieux que
de paſſer ſes jours avec ſon pere.

ACHMET.

Air : *Je le crois bien ... je n'en crois rien.*

Qu'une fillette ſoit contente
Près d'un bon papa qu'elle enchante,
Je le crois bien.
Mais qu'à l'hymen elle préfere
Un long célibat chez ſon pere ,
Je n'en crois rien.

AMULAKI.

Eh bien , eh bien ſoit. Nous garderons la-deſſus le
ſilence.

SCENE III.

AMULAKI, ACHMET, PIERROT.

PIERROT, *accourant.*

VIVAT! *vivat!* voici le marchand d'esclaves qui me suit.

Air : *Je ne vous ai vu qu'un petit moment.*

> Oh! jarnicoton! que nous sommes chanceux!
> Ce marchand nous en amene deux.
> Mais ce sont des filles.
> Qui sont si gentilles!
> Je ne les ai vû qu'un seul petit moment,
> Et je me sens tout je ne sçais comment.

AMULAKI, *riant.*

Ah! ah! ah!

ACHMET.

Pierrot prend feu d'abord.

PIERROT.

Air : *A Paris y a trois filles.*

> Elles ont pris, ventrebrille,
> Le cœur à Pierrot.
> Le cœur à Pierrot sautille,
> Le cœur à Pierrot fretille,
> Le cœur à Pierrot.

SCENE IV.

AMULAKI, ACHMET, PIERROT, USBECK, Marchand d'Esclaves ALMANZINE, ZELICA, Esclaves.

USBECK.

Seigneur, j'accours à vos ordres, avec la fleur de mon magazin. Au lieu d'une Esclave que vous m'avez demandé, je vous en amène deux, qui peuvent se disputer l'honneur de votre choix.

PIERROT, à part.

Qu'elles sont ragoutantes !

USBECK, aux deux Esclaves.

Air : *Allons gay.*

Approchez, Almanzine,
Avancez, Zelica.

(A Amulaki.)

Que votre œil examine
Ces deux Esclaves-là.

(Aux deux Esclaves qui sont tristes.)

Allons gay,
D'un air gay.

ACHMET, *à part, regardant Almanzine*
qui le regarde auffi.

Qu'elle a d'attraits !

AMULAKI, *à Usbeck.*

Elles font belles, mais elles ont l'air bien trifte.

USBECK.

C'eft un effet de leur efclavage.

PIERROT.

Ce n'eft pas ça.

Air : *Menuet de M. Grandval.*

De l'air chagrin de ces deux belles
Je vois le fujet.

AMULAKI.

Dis-le nous.

PIERROT, *à Amulaki.*

Peut-être s'imaginent-elles
Que vous les achetez pour vous.

(*Aux deux Efclaves.*)

Mais confolez-vous, mes charmantes ; c'eft pour
un jeune gaillard qu'on vous fait venir.

(*Almanzine & Zelica prennent un air gay, & jettent
un tendre regard fur Achmet. Pierrot, qui s'en
apperçoit, dit bas à Achmet.*)

Elles vous regardent. Elles croyent que c'eft vous.

AMULAKI, *à son fils.*

Achmet, voyons si votre goût & le mien s'accordent. Laquelle des deux prendriez-vous ?
(*Almanzine jette des œillades passionnées sur Achmet.*)

ACHMET.

Air : *A l'ombre de ce feuillage.*

Elles sont l'une & l'autre aimables,
Celle que je ne prendrois pas,
Dans vos regards plus favorables,
Pourroit voir primer ses appas.

PIERROT, *les regardant l'une après l'autre.*

Oh ! pour moi, je rendrois les armes..,
Non... oui... j'adresserois mes vœux...
Elles brillent de tant de charmes,
Que je les voudrois toutes deux.

ACHMET, *à part.*

Almanzine me charme.

AMULAKI.

Il est vrai qu'on peut être embarrassé.

Air : *Tu croyois en aimant Colette.*

Mais enfin je me détermine.
(*Montrant Almanzine.*)
Et je m'arrête à celle-ci.

ACHMET, *à part.*

O ciel ! il choisit Almanzine !

PIERROT, *à Amulaki.*

Seigneur, vous avez bien choisi.

ACHMET, *à part, fort agité.*

Tâchons de l'engager à prendre l'autre.

AMULAKI, *à Almanzine.*

Venez, mignone, je vais vous conduire à ma fille,
pour....

ACHMET, *à son pere, le retenant.*

Attendez, mon pere, que je vous fasse observer....

AMULAKI.

Quoi ?

ACHMET.

Vous n'avez pas, ce me semble, bien considéré sa
compagne.

AMULAKI.

Oh, que si !

ACHMET, *lui montrant Zelica.*

Tenez, regardez-là sans prévention.

Air : *Et zon, zon, zon.*

Quel feu brille en ses yeux !
Quelle bouche riante !
Il n'est point sous les cieux
De beauté plus touchante.

PIERROT, *à Amulaki.*

Et zon, zon, zon.
C'est la plus avenante,
Et zon, zon, zon,
Votre fils à raison.

(*Zelica devient gaye, & Almanzine marque pendant
tout le reste de la scene un grand mécontentement.*)

AMULAKI.

Je conviens qu'elle a des charmes ; mais j'en reviens
toujours à Almanzine.

ACHMET, *regardant Almanzine d'un air
dedaigneux.*

Air : *Un certain je ne sçais quoi.*

Pour celle-là, plus je la voi,
 Moins elle m'intéresse.
Son regard a de la rudesse.

AMULAKI.

Ho-bien ! elle me plaît, à moi :
J'y trouve un certain je ne sçais qu'est-ce,
J'y trouve un certain je ne sçais quoi.

PIERROT.

Et moi aussi.

ACHMET, *à part.*

Que je suis malheureux !

(*Haut, à son pere.*)

Air : *Dans nos bois il y a un Hermite.*

Rendez, Seigneur, plus de justice à l'autre :
 Elle a bien plus d'appas.

AMULAKI.

Non non, mon goût est plus sûr que le vôtre.
 Je n'en démordrai pas.

ACHMET.

Pour Zelica, souffrez que je m'obstine.

AMULAKI.

Je veux Almanzine,
Moi,
Je veux Almanzine.

ACHMET.

Même air.

Mais cependant remarquez bien, mon pere.

AMULAKI, *l'interrompant.*

Mon fils, vous avez tort.

ACHMET.

Que Zelica,..

PIERROT.

Voila bien du myftere;
Pour vous mettre d'accord,
Je les ferois tirer, vaille que vaille,
A la courte paille,
Moi,
A la courte paille.

AMULAKI.

Allez, Achmet, allez faire partir tous nos Esclaves, pour ma maison de plaifance. (*A Usbeck.*) Vous,
Patron, faites moi venir tous ceux que vous pouvez
avoir à vendre. Je veux les acheter, pour remplacer
ceux que j'éloigne de moi.

ACHMET, *à part, après avoir regardé d'un œil fort affligé Almanzine, qui ne daigne plus jetter les yeux sur lui.*

Air : *Ne m'entendez-vous pas.*

Qui peut te retenir ?
Fui plutôt, misérable,
Cette Esclave adorable ;
Et de ton souvenir,
Tâche de la banir.

(*Il se retire.*)

SCENE V.

AMULAKI, ALMANZINE, ZELICA, PIERROT.

AMULAKI.

VENEZ, Almanzine, je vais vous conduire dans l'appartement d'Attalide. Elle vous donnera un ajustement, convenable aux vues que j'ai sur votre personne.

ALMANZINE.

Air : *Du Cap de bonne Espérance.*

Seigneur, que voulez-vous faire ?
Vous voyez qu'à votre fils
J'ai le malheur de déplaire ;
Nous ferons mal assortis.

AMULAKI.

AMULAKI.

La fortune vous apprête
Une plus belle conquête ;
Vous sçaurez dans un inſtant
Le bonheur qui vous attend.

PIERROT.

Air : *Par bonheur ou par malheur.*

Nous vous ménageons , vraiment ,
Un parti bien excellent !

AMULAKI, *à Zelica.*

Et vous dont la gentilleſſe ,
De mon fils charme les yeux ;
Pour couronner ſa tendreſſe ,
Je veux vous unir tous deux.

ZELICA.

Air : *Les Feuillantines.*

O Ciel ! quel eſt mon bonheur!
Ah ! Seigneur ,
Méritai-je cet honneur !

PIERROT.

Oui , vous mérités , Madame ,
Qu'Achmet vous (*bis.*) prenne pour femme.

AMULAKI, *à Zelica.*

Suivez-moi. Je vais vous faire donner un appartement ſéparé.

(*Il emmene Almanzine , Zelica les ſuit.*)

B

SCENE VI.

PIERROT, *seul.*

PARDI ! voilà deux femelles bien-heureufes , furtout Almanzine ! Elle va remplir la place de notre jeune maitreffe. Ah ! fi Attalide fçavoit ce qui fe paffe, & que fon Pere lui vînt dire : ma fille , c'eft que je vous aime trop pour vous éloigner de ma vûe.

Air : *Ma pinte & ma mie , ô gué.*

Elle répondroit , je croi ,
La pauvre petite :
De tant d'amitié pour moi ,
Papa , je vous quitte.
Menez-moi droit au Sultan ;
J'aime mieux de Soliman
Etre favorite
O gué ,
Etre favorite.

Mais quel efpece d'homme vient ici ?

SCENE VII.

PIERROT, ARLEQUIN.

ARLEQUIN, *à part.*

VOYONS à qui je m'adreſſerai pour avoir des nou-velles de.... (*appercevant Pierrot.*) Mais le voilà lui-même.

PIERROT, *à part.*

Voici un drôle qui reſſemble à Arlequin comme deux gouttes d'encre.

ARLEQUIN, *courant embraſſer Pierrot.*

Eh ! bon jour, Pierrot mon ami ! c'eſt toi que je cherche.

PIERROT.

Arlequin à Conſtantinople !

Air : *O reguingué, ô lon lan la.*

Que de te voir je ſuis ſurpris !
Eh, je te croyois à Paris,
O reguingué, ô lonlanla !
Razant toujours dans la boutique
Où j'allois porter ma pratique.

ARLEQUIN.

J'y ferois encore, mon cher, ſans certaine petite avanture de perruques égarées. Mon maître m'en vou-

B ij

lut rendre refponfable. Nous eumes enfemble la-def-
fus une vive contestation. Nous primes pour arbitre
le Lieutenant Criminel, qui, pour prévenir toutes
voies de fait entre les parties, voulut nous féparer. Il
condamna mon maître à demeurer dans fa boutique,
& m'envoya, moi, à Marfeille, par la voiture de la
Tournelle.

     P I E R R O T, *faifant l'action de ramer.*
Et avez-vous été longtems à Marfeille?

         A R L E Q U I N.
Cinq ans, ma foi. Après quoi, je m'embarquai fur
un Vaiffeau Marchand en qualité de Barbier major; &
je vins chercher fortune en cette ville.

         P I E R R O T.
La mienne eft déjà bien avancée.

     Air : *Les cordons bleus.*

> Tu fçauras qu'à Paris, dans le tems
> Que j'étois fur la fcène lyrique,
> Je connus de bons Mahométans,
> Amateurs de françoife mufique.
> M'ayant fort vanté ce pays-ci,
>   Ces gens m'emmenerent,
>   Et me préfenterent
> Au fameux Vifir Amulaki,
> Dont ma belle voix m'a fait le favori.

         A R L E Q U I N.
     Air : *Que je regrette mon amant.*
Cher ami, je fuis enchanté
De te voir en fi belle paffe.

Mais si le sort t'a bien traité,
Il m'a fait aussi même grace.
Tu dois ta fortune à ta voix,
Je dois la mienne à mon minois.

'Air : *Quand la mer rouge apparut.*

De la veuve d'un Pêcheur,
    Fringuante & badine,
Ayant amorcé le cœur,
    Par ma bonne mine,
Et de plus, pris le Turban,
Chez elle, depuis un an,
    Je suis le Pi, Pi,
    Je suis le Io, Io,
Le Pi, Pi, le Io, Io,
    Je suis le Pilote
    De sa galiote.

PIERROT.

Je m'en réjouis, mon enfant.

ARLEQUIN.

Je pêche ordinairement le long des murs du Serail, sous un grand balcon que l'on voit au bout d'une
gallerie, & où il vient souvent des Sultanes, & quelque fois le Grand Seigneur.

PIERROT.

La pêche est donc bonne, dans cet endroit là ?

ARLEQUIN.

Malepeste, si elle est bonne ! j'y pêche de l'or,
des perles & des diamans.

PIERROT.

Quel conte !

B iij

ARLEQUIN.

Je te parle férieufement, & je vais te dire de quelle maniere je me fuis mis en poffeffion de cette pêcherie.

Air : *Du banquet des fept Sages.*

Un foir au clair de la lune,
En préparant mes filets,
Satisfait de ma fortune,
Je chantois quelques couplets ;
Des mirlitons, des lanlaires,
Des flon-flon , des lanturelu,
Et des vogue la galere ;
Lorfque je me crus perdu.

PIERROT.

Qu'arriva-t-il donc ?

ARLEQUIN,

J'entendis tout-à-coup de grands éclats de rire , qui partoient du balcon. Ouf ! Auffitôt je me tais ; &, plein de frayeur, je prends mes rames, & me met en devoir de tirer promptement mes chauffes de cet endroit-là.

PIERROT.

Et toi fin !

ARLEQUIN.

Mais une groffe voix fe fit entendre , (c'étoit celle du Sultan) qui me dit : demeure, pêcheur, demeure ! continue à nous réjouir. Moi, je recommençai ; & croyant encore mieux faire.

AIR: *Branle de Mets retourné.*

En roſſignol d'Arcadie,
J'entonne un dolent morceau
D'un bel Opéra nouveau...

AIR: *Ah qu'on eſt heureux de mourir.*

(*Il chante ſur le ton de l'Opéra.*)
Ah qu'on eſt à plaindre d'aimer,
Quand on a perdu l'art de plaire,
(*Il reprend l'air ci-deſſus.*)
Mais auſſitôt on me crie...

AIR: *Gai, gai, gai mon Officier.*

Fi, fi, finis ta chanſon,
Qui m'endort, & m'ennuye...
Fi, fi, finis ta chanſon,
Et prends un autre ton.

PIERROT.

Tu reprit bien vîte tes vaudevilles.

ARLEQUIN.

Bien entendu. Et quand j'eus achevé de chanter,
pouf ! Il tomba dans mon bateau une bourſe d'or.

PIERROT.

Tête-bille !

ARLEQUIN.

Dès le lendemain, je retourne au même endroit,
je chante des brunetes ...

PIERROT.

Et pouf !

ARLEQUIN.

Oui, j'entendis tomber à mes pieds un paquet.

PIERROT.

Il y avoit dedans . . .

ARLEQUIN.

Un billet doux adreſſé à un jeune Seigneur Mu-
ſulman, avec un colier de perles & un diamant
pour le diſcret porteur.

PIERROT.

Fort bien. Ah ! voila donc comme vous pêchez
vos perles ! Cela eſt bon.

ARLEQUIN.

Ce qu'il y a de meilleur encore, c'eſt que Soliman prend plaiſir à m'entretenir quelquefois : à telles
enſeignes, qu'il m'a ordonné ce matin d'aſſembler ce
ſoir tous nos pêcheurs & leurs femmes, pour chanter & danſer ſur le rivage à la vûe de ſon balcon.

PIERROT,

C'eſt apparamment une fête qu'il veut donner à
ſes Sultanes. Mais j'apperçois mon Maître qui vient.
Nous ſommes un peu en affaire aujourd'hui. Sans
adieu.

ARLEQUIN.

Nous nous reverrons.

PIERROT,

Je l'eſpére.

AIR: *N'y a pas d'mal à ça.*

Et même en cachette,
Quand il te plaira,
Malgré ton Prophète
L'on sirotera.

ARLEQUIN.

N'y a pas d'mal à ça. (*Bis.*)

SCENE VIII.

AMULAKI, ALMANZINE, *parée,* ATTALIDE, PIERROT.

AMULAKI, *à sa fille.*

ATTALIDE, je suis content du soin que vous ayez pris de parer cette aimable esclave. Vous pouvez rentrer dans votre appartement.

ATTALIDE, *après avoir embrassé Almanzine.*

AIR: *Mais j'apperçois venir ici.*

Ma Belle, allez vous présenter
Aux yeux de sa Hautesse.
Allez. Vous pouvez vous flatter
De gagner sa tendresse.

ALMANZINE.

Je n'ofe écouter cet efpoir,
      Mon orgueil trop timide,
Me dit qu'il me faudroit avoir
      Les charmes d'Attalide.

(Attalide fe retire.)

SCENE IX.

AMULAKI, ALMANZINE, PIERROT.

AMULAKI.

Vous êtes trop modefte , Almanzine.

AIR : *Quand Iris prend plaifir à boire.*

A vos yeux rien n'eft comparable :
Eft-il un objet plus aimable ?
Les amours volent fur vos pas.

ALMANZINE.

Le beau garçon qui vous doit la naiffance,
Juge autrement de mes apas :
Si je l'en crois , je ne dois pas
Compter beaucoup (*Bis.*) fur leur puiffance.

AMULAKI.

Bon ! C'eft bien à mon fils qu'il faut s'en rapporter là-deffus.

AIR: *Ah! vraiment je m'y connois bien.*

Non, non, il ne s'y connoît guére.

PIERROT,

L'œil de son vieux routier de pere
Est plus connoisseur que le sien.

AMULAKI.

Ah! vraiment je m'y connois bien.

Venez donc que je vous conduise au Serail. Et souvenez-vous toujours que vous représentez la fille d'un grand Visir.

ALMANZINE, *fierement.*

Ne craignez rien. Je n'ai pas été moins bien élevé que votre fille.

AIR: *Que de Bourgeois viennent à l'aventure.*

Je soutiendrai fort bien son personnage;
Par mon maintien, comme par mon langage,
Mais,
Je n'aurai pas l'avantage,
D'en offrir tous les attraits.

PIERROT.

Des attraits! vous en avez plus qu'il n'en faut pour embrelucoquer le grand Seigneur. Je suis sûr qu'en vous voyant, il va s'écrier.

Ah! mon dieu! quelle joli fille
L'on m'ammene ici!
(*Amulaki mène Almanzine au Sérail.*)

✳

SCENE X.

PIERROT, *seul.*

VOILA notre affaire dans le fac de ce côté-là. Allons préfentement trouver le Seigneur Achmet, pour lui apprendre que fon pere lui fait préfent de l'autre Efclave... mais le voici... Il paroit bien penfif. Il ne s'attend pas à la bonne nouvelle que j'ai à lui annoncer.

SCENE XI.

ACHMET, PIERROT.

PIERROT.

AIR : *La bonne avanture ô gué.*

TIREZ de ma belle humeur.
Un heureux augure.
J'allois vous chercher, Seigneur...
J'admire vôtre bonheur...
La bonne avanture.
O gué
La bonne avanture.

ACHMET, *froidement.*

Qu'y a-t-il donc ?

PIERROT.

Votre pere, ſitôt que vous avez été parti, a fait des réflexions ſur la beauté de Zélica.

ACHMET, *joyeuſement.*

Hé bien !

PIERROT.

Vous lui avez tant vanté les perfections de cette Eſclave, ſes yeux fripons, ſon air gaillard, que tout d'un coup il l'a choiſie & arrêtée.

ACHMET, *trãſporté.*

Que m'apprends-tu, mon ami !

PIERROT.

Je ſçavois bien que cette nouvelle vous feroit grand plaiſir.

ACHMET.

AIR : *Renonce à ta folle envie.*

Ah ! que mon ame eſt ravie
De cet heureux incident,
Mon enfant !

PIERROT.

Au Sultan, de votre mie,
On ne fera point préſent.
Par la vertu, tu, tu, tu, tu, tu, de ma vie,
Il n'en croquera que d'une dent.

ACHMET.

Comment donc , Pierrot ? Tu as pénétré mes fentimens fecrets !

PIERROT.

Hé , pardi ! Cela étoit bien difficile à deviner !

ACHMET.

Ne perdons point de tems. Allons de ce pas chez le Marchand , acheter cette aimable Efclave.

PIERROT.

Le bon-homme vous a prévenu. Admirez la bonté paternelle. Il a arrêté Almanzine & Zelica , l'une pour vous , & l'autre pour le Sultan.

ACHMET.

AIR : *Non , non , il n'eft point de fi joli nom.*

Eh , quoi ? mon pere lui-même
D'Almanzine me fait don !
Pierrot , ma joye eft extrême !

PIERROT.

Mais vous vous trompez de nom ;

ACHMET.

Non , non ,
Défabufe-toi , mon garçon :
C'eft Almanzine que j'aime.

PIERROT.

Non , non ,
C'eft Zélica , c'eft le trognon ,
Que vous trouvez plus mignon.

ACHMET, *allarmé.*

Que dis-tu?

PIERROT.

Oui , votre pere vous garde Zélica , celle à qui vous avez donné la préférence ; & il vient de conduire l'autre au Sérail.

ACHMET, *pouſſant un grand cri.*

O dieux !

AIR: *Bouchez Nayades vos fontaines.*

Cette nouvelle m'aſſaſſine !
Pour jamais je perds Almanzine !

PIERROT.

Almanzine ! vous m'étonnez.
Tantôt, (je n'y puis rien comprendre.)
Si vous vous en reſſouvenez ,
Vous en avez dit pis que pendre.

ACHMET.

AIR: *O ma tendre muſette.*

Je perds tout ce que j'aime:
Et je ne puis encor
Dans mon malheur extrême
En accuſer le ſort !
A ce revers funeſte
Me ſerois je attendu!
Ruſe , que je déteſte
C'eſt toi qui m'a perdu !

PIERROT.

Mais Seigneur Achmet, vous n'y penſez pas. Et cette Zelica que vous trouviez ſi charmante ?...

ACHMET.

Ah! mon ami, que tu connoîs peu l'amour & les détours qu'il employe pour arriver à ſes fins ! ſi je me ſuis déclaré en faveur de Zelica, c'eſt que je voulois engager mon pere à la choiſir pour le Sultan.

PIERROT.

Oh, oh! voilà donc pourquoi Almanzine vous pa-roiſſoit avoir l'air grimaud, & les yeux loup-garoux ! qui diantre eût penſé que vous diſiez cela par malice ?

ACHMET.

Air : *Dans le fond d'une écurie.*

Quand je tenois ce langage,
Quand j'offenſois ſes appas,
Mon cœur en ſecret, hélas !
Expioit bien cet outrage;

PIERROT.

Le projet étoit fort bon :
Par ma foi, c'éſt grand dommage
Que notre obſtiné Barbon,
N'ait pas gobé l'hameçon.

ACHMET.

ACHMET.

Air: *Quand on sçait aimer & plaire.*

Je n'ai donc plus d'esperance!
Je ne la verrai jamais!
Et ma feinte indifférence
A méprisé ses attraits!

(*Deuxieme reprise.*)

Almanzine est offensée!
Mon cœur a pû se trahir!
Si j'occupe sa pensée,
Ce n'est que pour me haïr.
Ce n'est que pour me haïr.

Je n'ai donc plus, &c.

PIERROT.

Air: *Voyelles modernes.*

Vous avez pour maitresse
La belle Zelica, a, a, a,
Laissez à sa Hautesse
Courtiser celle-là, a, a, a.
Pour en perdre la mémoire
D'un peu d'eau de l'oubli
Biribi,
Il faut boire, il faut boire.

ACHMET.

Non, je ne pourrai jamais oublier Almanzine.

PIERROT.

Ah! ha! je vois déja revenir le Grand Visir. Qu'au-
roit-il donc? Il paroît bien agité.

C

SCENE XII.

ACHMET, PIERROT, AMULAKI.

AMULAKI.

Air : *M. la Paliſſe eſt mort.*

Quel chagrin dans mes vieux ans !

PIERROT.

Quoi donc ? Encor des allarmes !

ACHMET.

Expliquez-vous...

AMULAKI.

Mes enfans,
A mes pleurs mêlez vos larmes.

PIERROT.

Dites-nous donc vîte ce qu'il y a de nouveau ?

AMULAKI.

Tout eſt perdu ! Almanzine n'a pas...

ACHMET, *l'interrompant.*

Eſt-ce qu'elle n'auroit pas plu à Soliman ?

AMULAKI.

Il en a été charmé. Mais qui auroit pû prévoir ce
fatal revers ? Ali, le Chef des Eunuques, mon plus

grand ennemi , étoit préfent quand nous avons paru devant le Sultan. Il a reconnu Almanzine pour la fille du dernier Bacha de Babilone , dont il a été l'Efclave , & il l'a déclaré à fa Hauteffe.

ACHMET.

Qu'entends-je !

PIERROT.

Quel guignon !

AMULAKI.

Auffitôt les yeux de ce Monarque fe font enflammé de colere ; il m'a lancé un regard furieux , & m'a dit :

Air : *Le fameux Diogéne.*

Qu'as-tu fait, miférable !
Qui t'aurois cru capable
De tromper ton Sultan?
D'un Miniftre infidele,
La mort la plus cruelle
Va venger Soliman.

ACHMET, *à part.*

Quelle affreufe fituation !

PIERROT.

Vous nous faites trembler !

AMULAKI.

Frappé de ces paroles, comme d'un coup de fou-dre ; je fuis tombé à fes pieds, pour implorer fa clé-mence: hélas! Seigneur, lui ai-je dit, pardonnez cet

C ij

artifice à un pere affligé, qui n'a pû se résoudre à se priver d'une fille, qui fait toute la consolation de sa vieilleffe.

PIERROT.

Ce difcours l'a attendri?

AMULAKI.

Nullement. Et il alloit ordonner mon fupplice, fi la généreufe Almanzine n'eût intercédé pour moi.

Air : *Je ne fuis pas fi diable.*

D'une voix adoucie,
Alors il a repris :
Je lui donne la vie ;
Mais qu'il fçache à quel prix.
Pour punir le perfide,
Je veux d'un vil travail,
Occuper Atta'ide,
Dans mon férail.

Je prétends, a-t-il ajouté, qu'elle foit l'Efclave des Efclaves ; & je ne veux jamais l'honorer d'un de mes regards.

PIERROT.

Hélas ! la pauvre fille
Aura le mal de tout.

AMULAKI.

Il m'a ordonné de la conduire tout à l'heure au férail.

ACHMET, *à part, rêvant.*

Faudra-t'il céder à la néceffité !

AMULAKI.

Ah ! Soliman, tu ne me fais pas une grande grace
en me laiffant vivre ?

Air : *Trois Enfans gueux.*

Tu veux traiter avec indignité,
Pour me punir, une fille fi chere!
Tu connoîtrois toute ta cruauté,
Si tu fçavois ce que c'eft qu'être pere.

PIERROT.

Cela me fend le cœur.

ACHMET, *fortant tout à coup de fa rêverie.*

Seigneur, confolez vous. Vous avez une reffource.

Air : *Comme un coucou que l'amour preffe.*

Je fens que Mahomet m'infpire
Un deffein poui fauver ma fœur.
AMULAKI.
Mon cher Achmet, qu'ofez-vous dire!
Peut-on détourner fon malheur ?

ACHMET.

Oui : mon pere ; j'ofe vous flatter d'une douce efperance. Il faut que nous changions d'habit ma fœur
& moi. Elle paffera ici pour Achmet, & vous me
menerez au férail, fous le nom d'Attalide.

AMULAKI.

O ciel !

PIERROT.

Que dites-vous !

AMULAKI.

Vous voulez vous introduire dans le férail. Igno-
rez-vous donc que c'eſt le plus grand de tous les cri-
mes, crime qu'on n'a jamais pardonné ? Vous vous ex-
poſez à une mort certaine. Le Sultan, devant qui vous
avez quelquefois paru, vous reconnoîtra.

PIERROT.

J'en ai peur.

ACHMET.

Non. Vous venez de dire qu'il ne veut point voir
ma ſœur. Je puis, ſans péril, ſous mon déguiſement,
aller ſoutenir pour elle la vie pénible qu'on lui prépare.

PIERROT.

Cela eſt bien chatouilleux.

AMULAKI.

Air : *Le Démon malicieux & fin.*

Ce projet, plein de témérité,
Sans effroi peut-il être écouté !
Vous voulez, pour conſerver ma fille,
Que je conſente à vous perdre mon fils ?
Non, non, non, j'aime trop ma famille,
Pour que je garde Attalide à ce prix.

ACHMET.

Air : *L'Anonime.*

Le fort à vos defirs peut me rendre;
Le férail quelquefois peut s'ouvrir.
Mon courage ofera l'entreprendre.
De mes fers je fçaurai m'affranchir,
Ou du Sultan, fenfible & tendre,
Le courroux peut enfin s'adoucir.
Le fort à vos defirs peut me rendre,
Le férail quelquefois peut s'ouvrir.

Air : *Mon petit doigt me l'a dit.*

De grace, laiffez moi faire.
Vous ne devez plus, mon pere,
A mon deffein réfifter.
Prévenons la violence,
Où, dans fon impatience,
Le Sultan peut fe porter.

AMULAKI.

Mais, mon fils.....

ACHMET.

Mais le tems eft précieux. Voulez-vous attendre
qu'il vienne ici des Janniffaires, arracher de vos
bras Attalide, & vous rendre ma bonne intention
inutile?

C iv

A M U L A K I.

Je fuccombe à cette image. Je n'ai plus la force de combattre votre deffein. Venez prendre les habits de votre fœur, & lui donner les vôtres, fans lui découvrir la caufe de ce déguifement.

(*Amulaki s'en va, & Pierrot arrête Achmet qui veut fuivre fon pere.*)

SCENE XIII.

ACHMET, PIERROT.

PIERROT.

Arrêtez un moment, Seigneur Achmet, je vois bien ce que vous avez envie de faire. Vous voulez tâcher de parler à Almanzine.

ACHMET.

Oui, Pierrot. Je ne puis vivre sans la détromper, & sans lui apprendre que je l'adore.

PIERROT.

C'est bien fait. J'aime les gens de cœur.

ACHMET.

Adieu.

Air : *Je ne suis né ni Roi , ni Prince.*

Vêtu des habits d'Attalide,
Je suivrai l'amour qui me guide.

PIERROT.

Puissiez-vous , sous cet attirail,
Joüer votre rôle à merveilles;
Et bien-tôt sortant du sérail ,
Nous rapporter vos deux oreilles.

(*Achmet sort. On entend une simphonie.*)

SCENE XIV.

PIERROT, *feul.*

MAIS qu'eſt-ce que j'entends?... Ha, ha, c'eſt le marchand d'Eſclaves qui amene ici toute ſa boutique. Ils ſe réjouiſſent apparemment de l'honneur qu'ils ont d'entrer au ſervice du Grand Viſir.

SCENE XV.

PIERROT, USBECK, *troupe d'Eſclaves de l'un & de l'autre ſexe.*

(On danſe.)

VAUDEVILLE.

Air : *Quand on a la beauté pour Reine.*

UNE CHANTEUSE.

LE ſexe à qui tout rend les armes,
En ces climats eſt aſſervi ,
Un maître jaloux de nos charmes,
Dès qu'il commande eſt obéi ;
Mais quand on ſçait mettre en uſage
Un peu d'adreſſe & de beauté,
On peut trouver dans l'eſclavage,
Les plaiſirs de la liberté.

UN CHANTEUR.

Ne furveillons point notre femme,
Un beau jour Argus s'affoupit ;
La confiance enchaîne une ame.
L'honneur par fois cede au dépit.
Tot ou tard on met en ufage
Un peu d'adreffe & de beauté.
Les refferrer dans l'efclavage,
C'eft leur donner la liberté.

UNE CHANTEUSE.

Sous les loix d'un hymen auftere,
Un jeune tendron eft lié
Avec un vieux fexagénaire...
Son fort excite la pitié;
Mais quand on fçait mettre en ufage
Un peu d'adreffe & de beauté,
On peut trouver dans l'efclavage
Les plaifirs de la liberté.

UN CHANTEUR.

Sexe aimable, il faut qu'on t'adore,
Oui pour nous le ciel t'a formé,
Et nous n'exiftons point encore,
Quand notre cœur n'a point aimé.
Peut-on traiter de fers, d'entrave,
L'Empire heureux de la beauté,
L'indifférent eft un efclave
Que l'Amour met en liberté.

UN ENFANT.

L'âge, à la gêne de l'enfance
Affujettit encore mes pas.
Déja pourtant mon cœur s'élance
Vers un bien qu'il ne connoît pas.
Ne pourroit-on hâter l'ufage
D'un peu d'adreffe & de beauté.
Si l'amour rompt notre efclavage,
J'aurai bientôt ma liberté.

Fin du premier Acte.

ACTE II.

Le Théâtre représente un magnifique appartemens
du Sérail.

SCENE PREMIERE.

SOLIMAN, ALMANZINE.

SOLIMAN.

AIR: *Les filles de Nanterre.*

Où'avez-vous Almanzine,
J'en suis tout allarmé.
De ce qui vous chagrine
Je veux être informé.

ALMANZINE, *soupirant.*

Ahi !

SOLIMAN.

AIR: *Nous autres Bons Villageois.*

Envain je vous entretiens
De ma vive & naissante flamme;
Vos yeux évitent les miens.
Parlez, expliquez-vous, Madame.

Si l'offre de mon tendre cœur
Ne peut faire votre bonheur ;
Quoique vous m'ayez enchanté,
Je vous rends votre liberté.

ALMANZINE.

Air : *Vermeille rose.*

Quand sa Hautesse,
Daigne sur moi jetter les yeux ;
Quand sa tendresse
Comble mes vœux ;
D'une juste frayeur
Je sens mon ame atteinte
La crainte,
Trouble mon bonheur.
Quand j'ai la gloire
D'enchaîner le cœur du Sultan ;
Je n'ose croire
Qu'il soit constant.

SOLIMAN.

Air : *Que de la fortune on prise.*

Calmez ces vaines allarmes.

ALMANZINE

Eh comment y parvenir ?
On vous a vanté les charmes
De la fille du Visir.
Sur le récit de son pere.
Vous voudrez la voir un jour,
En la voyant la colere,   } *Bis.*
Va faire place à l'amour.

DUO.

AIR: *Quel caprice.*

ALMANZINE.	SOLIMAN.
Elle eft belle!	Non, non, non,
L'amour, pour elle.	Non jamais,
Va d'un coup d'aile	Mon ame,
Bleffer votre cœur.	De vos liens ne veut s'affran-
Elle eft belle,	chir.
Eh! pourra-t-elle	Non, non, non
Etre rebelle,	Non jamais
Contre un tel vaiqueur?	Ma flamme
	Ne peut finir.
Et moi condamnée aux re-	Quand aux plus charmantes
grets,	Houris,
Je verrai régner fes attraits.	Elle difputeroit le prix;
Et pour jamais,	Sans être ému de fes attraits,
Oubli cruel, & froid mépris	Je la verrai, mais, mais
M'accableront fans ceffe,	A vos loix,
Et de mes vœux & de ma	A mon choix,
tendreffe,	Fidele,
Seront tout le prix.	Je promets
	De ne la voir jamais.
Elle eft belle.	Non, non, non;
L'amour pour elle,	Raffurez votre ame,
Va d'un coup d'aile	Vous régnerez feule dans mon
Bleffer votre cœur.	cœur,
Elle eft belle	Sans frayeur
Eh! pourra-t-elle	Couronnez ma flamme,
Etre rebelle,	Et mon bonheur.
Contre un tel vainqueur?	

Elle va venir, comme vous la connoiſſez, je vais donner ordre qu'on vous l'amene. Je veux ſavoir de vous-même, ſi ſon pere ne me trompe pas une ſeconde fois.

AIR : *Faites boire à triple meſure.*

Pour vous laiſſer ſeule avec elle,
Soliman s'éloigne de vous ;
Mais vous le reverrez, ma Belle,
Dans un moment à vos genoux.

SCENE II.

ALMANZINE, ſeule.

AIR : *Oui vous en feriez la folie.*

LE Souverain de cet Empire
    M'offre ſes vœux ;
Eſt-il deſtin plus glorieux ?
Et cependant mon cœur ſoupire,
    De mon bonheur
Qui peut donc troubler la douceur ? (*Fin.*

Helas ! un ſouvenir,
    Que vainement
Je tâche de bannir,
Fait mon tourment;

Ne doit

Ne doit-il pas me suffire,
Du fort charmant,
Que me préfente mon amant ?
Quoi! je regrette!..
Je m'inquiete.
Eft-ce l'outrage ,
Du jeune Achmet ;
Eh que me fait ,
En ce moment fa haine ou fon hommage !

Le Souverain de cet Empire , &c.

SCENE III.

ALMANZINE, ALI, *Chef des Eunuques ,
amenant* ACHMET *en Sultane voilée.*

ALI.

Madame, je vous amene par ordre du Sultan, cette jeune perfonne. Voyez fi c'eft la fille du grand-Vifir. (*Il ôte le voile à Achmet.*) Eft-ce là Attalide ? La reconnoiffez-vous ?

ALMANZINE, *étonnée.*

AIR: *Réveillés vous belle endormie.*

O ciel ! ma furprife eft extrême !

ALI.

Hé bien , que dirai-je au Sultan ?

D

ALMANZINE, *troublée.*

Dites lui que ... c'eft elle même.
Allez retrouver Soliman.

Laiffez-moi Attalide pour un inftant. Je voudrois
lui parler en liberté.

SCENE IV.

ALMANZINE, ACHMET.

ACHMET, *fe jettant aux pieds d'Almanzine.*

AIR: *Dans un Convent bien heureux.*

QUOI ! de ma témérité,
Oubliant mon injuftice,
Vous voulez être complice !
Quelle générofité !
Pouvez-vous, ô cœur de Reine !
Pour moi vous mettre en danger !
Eft-ce ainfi que votre haine
Prend plaifir à fe venger !

ALMANZINE.

AIR: *Quand on a prononcé ce malheureux oui.*

Je n'ai pas cru devoir écouter ma colere,
Contre un fils qui s'immole au repos de fon pere.
Votre vertu, malgré le péril que je cours,
A fçu m'intéreffer à conferver vos jours.

ACHMET.

AɪR : *Suivons l'Amour dès qu'il nous menne.*

L'orſqu'au danger pour vous je m'expoſe,
Non ce n'eſt point vertu , ni devoir;
De cet effort jugez mieux la cauſe,
C'eſt le tranſport d'un cœur au déſeſpoir.

AɪR : *Petits oiſeaux raſſurez-vous.*

Mon pere eſt dans la même erreur.
Il croit qu'en fils & frere tendre ,
   Au Sérail je ne viens me rendre ,
   Que pour lui conſerver ma ſœur.
   C'eſt l'amour & ſa violence
Qui m'ont conduit dans ces terribles lieux ;
Et bien loin d'y venir offenſer vos beaux yeux;
Hélas ! j'y viens pleurer l'effet de leur puiſſance.

ALMANZINE.

AɪR : *Tu connois le mariage.*

   Que veut dire ce langage ?
   Ne ſuis-je plus cet objet
      Qui vous déplait ?
   Eſt-ce un badinage ,
   Un nouvel outrage ,
   Que l'on me fait ?

ACHMET.

   Non c'eſt l'hommage ſincere
   D'un cœur que le repentir
      Vient vous offrir ;
   Jaloux de vous plaire ,
   Et qui déſeſpere
      D'y parvenir.

ALMANZINE.

Eh ! comment puis-je vous croire ?
Moi, dont les traits odieux
    A vos yeux ...
Est-ce donc par le mépris
Que se déclare un cœur bien épris !

ACHMET.

Oui j'ai blessé votre gloire,
Et j'en fais l'aveu sans détour :
Mais croyez-moi dans ce jour,
Jamais on ne sentit tant d'amour.
   Almanzine, je vous adore.

ALMANZINE, *soupirant.*

Hélas !

ACHMET.

    Je le dis encore.
L'amour me guide en ces lieux ;
Victime d'un penchant malheureux ;
   Et j'y viens vous fléchir,
    Ou mourir.
Trop heureux si mon trépas
Suffit à venger vos appas,
Si mon tort est oublié,
Si j'obtiens votre pitié.

ALMANZINE.

Achmet ... Hélas que lui dire ?
   Ah quel martyre !

ACHMET.

De vous mon bonheur dépend,
Un seul mot en ce moment

Va régler mon fort,
Et j'attends de vous, ou la vie où la mort.

ALMANZINE.

AIR : *Les Triolets.*

(*tendrement.*)

Deviez vous me tirer d'erreur ?
J'aurois paffé des jours tranquiles.
Vous allez faire mon malheur,
Deviez-vous me tirer d'erreur ?
Le Sultan pour gagner mon cœur,
Va prendre des foins inutiles.
Deviez-vous me tirer d'erreur ?
J'aurois paffé des jours tranquiles.

ACHMET.

AIR : *Viens doux vainqueur.*

Quoi mon ardeur,
Belle Almanzine, a touché votre cœur,
Quel bonheur !

ALMANZINE.

Pourquoi vous ai je vû ?
Tout efpoir eft perdu.

(*Seconde reprife, je me ris, &c.*)

ACHMET.

Eh ! pourquoi ?
Si vous êtes fenfible,
A nos feux tout eft poffible.

ALMANZINE.

Fuyez loin de moi.
Mon cœur... plein d'amour & d'effroi...

D iij

ACHMET.

Vous m'aimez ?

ALMANZINE.

Oui , je vous aime.

ACHMET.

Eh bien ,

Ne craignez rien.
Vous m'aimez !

ALMANZINE.

Pourquoi vous ai-je vû?

Tout espoir est perdu.

ACHMET.

Non, non , belle Almanzine. Ce que vous m'apprenez change bien la face de nos affaires. L'espérance tout-à-coup vient ranimer mon courage. Je me flate de pouvoir bientôt vous tirer du Sérail.

ALMANZINE.

Ciel ! cela se pourroit-il !

ACHMET.

Oui , mon pere est adoré des troupes ; je l'engagerai par une lettre à exciter un soulevement , à la faveur duquel nous nous sauverons tous deux.

ALMANZINE.

Quoi ? Vous croyez que le grand Visir voudra bien . . .

ACHMET.

N'en doutez pas. Sa tendresse peut aller jusques-là

pour moi , mais , en attendant , j'appréhende une chofe.

ALMANZINE.

Qu'appréhendez vous ?

ACHMET.

AIR : *Je ne fuis né ni Roi , ni Prince.*

Je crains la flamme violente,
D'un maître que votre œil enchante ;
Il peut vouloir ...

ALMANZINE.

Ne craignez rien.
Repofez-vous fur ma prudence.
Allez , allez , je fçaurai bien
Lui faire prendre patience.

ACHMET.

Ah ! Si cela eft, je vous réponds du refte.

DUO.

AIR : *Aimons buvons tandis que nous vivons.*

ACHMET ET ALMANZINE.

Je fens l'efpoir renaître dans mon cœur.
L'amour , fenfible à notre ardeur ,
Va préparer notre bonheur ;
Et par la main des doux plaifirs,
Il va combler tous nos defirs.

En attendant ce jour heureux,
Brûlons toujours des mêmes feux,
L'amour ne doit des biens fi grands
Qu'aux cœurs fideles & conftans,

D iv

Que contre nous
S'arme un tyran jaloux ,
Par l'opulence & la grandeur
Qu'il tente de féduire un cœur ,
Ni ses faveurs ni son courroux
N'auront aucun pouvoir sur nous.
Dans la douceur de nos liens
Nous trouverons les feuls vrais biens.

En attendant , &c.

ALMANZINE.

Voici le Sultan : entrez dans ce cabinet.

SCENE V.

ALMANZINE, SOLIMAN, ALI.

SOLIMAN.

H É bien , Almanzine , vous venez donc d'entre‑
tenir la fille d'Amulaki ?

ALMANZINE,

Oui , Seigneur.

SOLIMAN,

AIR : *Hélas ce fut sa faute.*

A-t-elle de vives douleurs ? ... (*bis.*)
Sent-elle bien tous ses malheurs ?

ALMANZINE.

Elle eft abatue.

SOLIMAN.

Vous avez vû couler fes pleurs,

ALMANZINE.

J'en fuis encore émue.

Lon la.

J'en fuis encore émue.

SOLIMAN.

Où eft-elle?

ALMANZINE.

Je viens de la faire entrer dans ce cabinet, pour la fouftraire à vos regards.

SOLIMAN.

Vous avez bien fait. (*A Ali.*) Va la prendre, & la mene à l'endroit où font les Efclaves qui rempliffent les derniers devoirs du Sérail.

ALMANZINE, *intriguée, à Ali, le retenant.*

Attendez, Ali! (*A Soliman.*) Ah! Seigneur, que voulez-vous faire!

AIR : *Pour faire honneur à la noce.*

Par ce châtiment terrible,
Vous allez caufer fon trépas :
La pauvre enfant ne pourra pas
Supporter un travail pénible.
Par ce châtimenr terrible,
Vous allez caufer fon trépas.

S o l i m a n.

Vous êtes trop bonne, Almanzine, vous êtes trop
bonne, de vous intéreſſer pour elle. (*A Ali.*) Ali,
qu'on m'obéiſſe.

A l m a n z i n e , *retenant encore Ali.*

Et non, non! un moment! (*A Soliman.*) Elle me
fait compaſſion. Songez qu'elle n'a point de part au
crime de ſon pere.

A i r : *Quand je tiens de ce jus d'Octobre.*

> Laiſſez lui voir votre clémence,
> Et marquez moi votre amitié;
> Conſiderez ſon innocence,
> Ayez égard à ma pitié.

S o l i m a n.

Qu'exigez-vous de moi?

A l m a n z i n e , *à genoux.*

A i r : *Si dans le mal qui me poſſéde.*

> Donnez ſa grace à ma priere,
> Je vous la demande à genoux.

S O L I M A N, *la relevant.*

> Chere Almanzine, levez-vous.
> Pour vous la donner plus entiere,
> Et prévenir votre deſir,
> Je pardonne même au Viſir.

(*A Ali.*)

Ali, remene toi-même Attalide chez ſon pere.

ALMANZINE, *à part, interdite.*

Fatal revers !(*Haut.*) Seigneur … l'excès de votre générosité …. (*A Ali l'arrêtant par la manche.*) Patience.

SOLIMAN.

AIR : *Ah mon mal ne vient que d'aimer.*

Oui , cher objet de mon ardeur. (*bis.*)
Je confens , qu'en votre faveur
A fon pere on la rende.

ALMANZINE.

Non , non , vous m'accordés Seigneur
Plus que je ne demande.

SOLIMAN , *furpris.*

Comment ?

ALMANZINE.

J'abuferois de vos bontés & j'aurois bien de l'imprudence d'exiger cela de vous. Je ne prétends point dérober un coupable à votre juftice. Vous avez fujet d'être irrité contre Amulacki , il ne faut pas que fa faute demeure impunie.

ALI.

Elle a raifon.

SOLIMAN.

Hé , de quelle maniere voulez-vous donc le punir?

ALMANZINE.

En retenant fa fille auprès de moi , pour quelque tems feulement. Le chagrin qu'il aura de ne la point voir , vous vengera bien de fa défobéiffance.

SOLIMAN.

Si cela vous fait plaisir, je consens qu'elle vous tienne compagnie.

(*Ali se retire d'un air mécontent.*)

ALMANZINE.

AIR: *Je l'aime, je l'aime.*

Attalide a de la douceur. (*bis.*)
Bien plus tendrement qu'une sœur,
Je l'aime,
Je l'aime.
Elle paroît, Seigneur,
M'aimer de même.

SOLIMAN.

A la bonne heure. Mais elle se regardera toujours ici comme une esclave, & je crois qu'elle s'ennuyera bientôt avec vous.

ALMANZINE.

AIR: *J'avois, Lisette, un billet doux.*

C'est mon affaire,
Et je prétends
Fort bien lui faire
Passer son tems.
Nous broderons, & nous ferons des nœuds,
Pour votre usage :
Nous travaillerons toutes deux
Au même ouvrage... (*bis.*)

SOLIMAN.

Hé bien je viendrai quelquefois vous voir travailler l'une & l'autre.

AIR : *C'eſt le Prince d'Orange.*

Je me flatte d'avance
D'être de votre écot.

ALMANZINE.

Oh ! Je vous en diſpenſe !
Vous y feriez, j'en crains la conſéquence,
Vous y feriez de trop.

SOLIMAN.

D'où vient donc ?

ALMANZINE.

Vous oubliez déja le ferment que vous avez fait,
de ne jamais voir Attalide.

SOLIMAN.

AIR : *Et mon petit cœur de quinze ans.*

Pardonnez-moi, je m'en fouviens.
Pardonnez-moi, je m'en fouviens,
Mais vos appas belle Almanzine,
Sa beauté fût elle divine,
Ne doivent pas craindre les fiens.

ALMANZINE.

AIR : *Serein je voudrois être* (d'Hinner.)

Ainfi l'amant s'exprime,
Tant qu'il veut nous charmer.
On cède, on eſt victime...
Il fe laſſe d'aimer.

Un autre objet l'engage,
Non qu'il foit le plus beau;
Mais il a l'avantage,
D'être le plus nouveau.

même AIR.

On devient infidele
Souvent fans le vouloir.
On regarde une belle
D'abord fans s'émouvoir;
On la regarde encore,
On fe fent plus ému,
On la regarde encore,
Et le cœur eft rendu.

SOLIMAN.

AIR : *Sur les bords d'une fontaine.*

Ce tranfport jaloux m'enchante!
Je vois que je fuis aimé.
Ce plaifir, belle Almanzine, augmente
La naiffante ardeur dont je fuis enflammé.

SCENE VI.

SOLIMAN, ALMANZINE, ZERBIN.

ZERBIN.

Seigneur, il vient de se présenter à la porte du Sérail une grosse femme qui se désole, qui se désespere.

SOLIMAN.

Qui est-elle ?

ZERBIN.

Elle se dit la nourrice d'Attalide. Elle demande qu'on l'enferme avec sa maitresse.

Air : *Tique, tique, tacque, tacque & lon lan la.*

> Elle fait grand carillon,   (bis.)
> Et menace tout de bon,
> Pour le peu que l'on l'obstine;
> Tique, tique, taque, & lon lan la,
> De se percer la poitrine ;
> D'un couteau pointu qu'elle a.

SOLIMAN.

Almanzine, je veux vous donner encore cette preuve de la considération que j'ai pour tout ce qui vous est cher. Je veux bien qu'Attalide ait sa nourrice avec elle. (*à Zerbin.*) Qu'on laisse entrer cette bonne femme. (*à Almanzine.*) Sans adieu ; je vais voir en quel état sont les préparatifs d'une fête de Pêcheurs que j'ai ordonnée ce matin, & dont nous prendrons tous deux le plaisir.

SCENE VII.

ALMANZINE, ACHMET.

ALMANZINE, *appellant.*

VENEZ, Achmet, venez !.. Vous avez entendu
notre converfation.

ACHMET.

Toute entiere.

ALMANZINE.

Qu'en dites-vous ?

Air : *Mon Pere , je viens devant vous.*

N'ai-je pas bien fçu ménager
L'intérêt de notre tendreffe ?

ACHMET.

Pour nous tirer de ce danger ,
Il ne falloit pas moins d'adreffe :
Mais nous allons peut-être , hélas !
Nous voir dans un autre embaras.

J'ignore ce que c'eft que cette femme qui fe dit là
nourrice d'Attalide. Il y a longtems que ma fœur a
perdu la fienne.

ALMANZINE.

Cela me caufe de nouvelles allarmes.

ACHMET.

Je vous avoue que cela m'inquiette auffi. Je n'y
comprends rien.

ALMANZINE.

La voici aparemment.   SCENE

SCENE VIII.

ALMANZINE, ACHMET, PIERROT,
en Nourrice.

PIERROT, *dans le lointain.*

Air : *Lurelu.*

MA chere Attalidette !
Dans quel endroit ès-tu ?
Lurelu.
Viens recevoir, poulette,
Celle qui t'alaita,
Larela,
Lurelu, larela, lirette,
Ah ! ma foi, la voilà !

ACHMET.

Eh ! c'eſt toi, Pierrot ! ah ! que tu nous as mis en
peine ! quelle extravagance ! pourquoi as-tu hazardé
un pas ſi dangereux ?

PIERROT.

Par amitié pour vous. Je venois, ſous ce déguiſement, vous aider à ſupporter la rude beſogne où
je vous croyois condamné dans les cuiſines du Serail.

Air : *Ma raiſon s'en va bon train.*

Mais je me suis fort trompé,
Et je vous trouve occupé

E

D'un plus doux emploi,
Qui n'a rien, je croi,
Qui puiſſe vous déplaire:
J'imagine plûtôt qu'il a
De quoi vous ſatisfaire,
Lon la,
De quoi vous ſatisfaire.

ACHMET.

Oui, mon ami. Graces aux bontés d'Almanzine, mon déguiſement a réuſſi; & le Sultan, à ſa priere, veut bien que je demeure auprès d'elle.

PIERROT.

Je vous en félicite. Vous êtes deux bonnes pâtes d'enfans.

Air : *Perrette étant deſſus l'herbette.*

Par la jarni! c'eſt grand dommage.,
Que vous foyez tous deux en cage,
Vous me paraiſſez fort contens;
Mais vous le feriez davantage,
Si vous aviez la clef des champs.

ALMANZINE.

J'eſpere que nous ne ferons pas ici toute notre vie, & que nous trouverons peut-être bien-tôt un expédient pour nous échaper.

PIERROT.

Pourquoi non? tout eſt poſſible à une paire d'amoureux. Veulent-ils prendre la poudre d'eſcampette?

Air : *Des Proverbes.*

Au devant d'eux les murs se démolissent
On voit les eaux tarir ou se glacer,
Les plus hauts monts tout à coup s'aplanissent,
Afin de les laisser passer.

ACHMET.

Cela est fort bien. Mais je crains que tu ne sois venu ici nous porter malheur.

PIERROT.

D'où vient ?

ACHMET.

Je te connais d'une humeur qui me fait trembler. Tu te verras sans cesse avec de jolies filles , tu pourras oublier que tu ès dans le Serail.

PIERROT.

Nenni , nenni.

ALMANZINE.

Ne t'y joue pas.

PIERROT.

Dormez en repos.

ACHMET.

Sois bien circonspect avec ces Beautés.

PIERROT.

Que cela ne vous inquiette point.

ALMANZINE.

Air : *Je passe la nuit & le jour.*

Détourne d'elles tes regards ,
Prend garde qu'elles ne t'enchantent.

E ij

ACHMET.

Tu fçais qu'ici, de toutes parts,
Des précipices fe préfentent.

PIERROT.

D'accord, mais j'ai trop de bons fens
Pour me laiffer tomber dedans,
Tomber dedans,
Tomber dedans,
Pour me laiffer tomber dedans.

ACHMET.

Tant mieux.

ALMANZINE.

Défie-toi toujours de ta foibleffe.

PIERROT.

Ce n'eft pas là ce que j'appréhende. J'ai bien une
autre allarme.

ACHMET.

Quoi ?

PIERROT.

Vous connoiffez les Grands. Ils ont par fois des
fantaifies mufquées.

Air : *Ahi. ahi, ahi, Jeanette.*

Si le Grand Seigneur, pouffé
Par un amoureux caprice,
Venoit, d'un air empreffé,
Me faire offre de fervice :
Ahi, ahi, ahi,
Ahi, ahi, ahi, nourrice,
Nourrice, ahi, ahi, ahi.

ALMANZINE, *riant*.

Ah, ah, ah!

ACHMET.

Oh! je te réponds de la retenue du Sultan.

ALMANZINE.

Paix! j'entends Soliman qui s'approche. Achmet rentrez vîte dans le cabinet.

(*Achmet se retire.*)

PIERROT.

Ne faut-il pas auſſi que je me cache, moi?

ALMANZINE.

Au contraire. Il eſt de la bienſéance que tu paroiſſes aujourd'hui devant lui.

PIERROT.

Le voici. Quel maître Sire!

SCENE IX.

ALMANZINE , PIERROT , SOLIMAN.

SOLIMAN.

Venez, ma Sultane ; je vais vous conduire au bout de la galerie de votre apartement , vous verrez du balcon le divertiſſement que j'ai ordonné. (*appercevant Pierrot.*) Ah ! voilà donc la nourrice d'Attalide ?
(*Pierrot lui fait une profonde révérence.*)

ALMANZINE.

Oui , Seigneur. Elle vous attendoit, pour vous remercier de la bonté que vous avez, de la ſouffrir auprès de ſa maitreſſe.

SOLIMAN.

Air : *Si vous par hazard.*

Mais vraiment,
Cette maman,
D'une fleur,
A la fraicheur.

PIERROT.

Seigneur , vous voulez rire.

SOLIMAN.

C'eſt la roſe en ſa primeur.

PIERROT.

Cela vous plaît à dire.

Oh ! ma foi, mon tems eſt paſſé ! mais il falloit me voir quand je nourriſſois la fille de votre Grand Viſir.

Air : *Quitte ta houlette.*

J'étois graſſouillette,
J'avois la peau blanchette,
J'étois graſſouillette,
J'étois un ortolan :
Une tamponne,
Une friponne,
D'humeur boufone,
Une maman
Digne d'amuſer un Sultan.

SOLIMAN.

Vous en avez encore de beaux reſtes , la nourrice. (*à Almanzine , lui donnant la main.*) Elle eſt gaillarde , elle vous réjouira.

ALMANZINE.

Nous comptons bien là-deſſus.

SCENE X.

PIERROT, *feul.*

Ho çà, mon ami, bride en main. Tu vas rencontrer à chaque pas de gentilles créatures ; que les doigts ne te demangent point, je te prie.

Air : *Menuet de Grandval.*

Garde-toi bien, Pierrot bon drille,
De chifonner un falbala :
Tu n'es pas ici, ventrebille!
Dans un magafin d'Opera.

Suivons le Sultan. Allons prendre part à la fête.

(*Il fuit le Sultan. Le Théâtre change & repréfente dans l'enfoncement un mur du Sérail, dont le pied eft battu par les flots de la mer, & fur le haut duquel eft un balcon où l'on voit Soliman, Almanzine & Pierrot derriere eux. Le devant repréfente un rivage où la fête des Pêcheurs s'exécute.*)

SCENE XI.

SOLIMAN , ALMANZINE , PIERROT *dans le balcon* , ARLEQUIN , TROUPE DE PÊCHEURS ET DE PÊCHEUSES *fur le rivage.*

(ON DANSE.)

VAUDEVILLE.

JEUNES Pêcheufes fur ces rives ,
Lorfque vous êtes attentives
Pour furprendre un poiffon fugitif ,
Vous ne fongez pas à vous-même ,
Et l'Amour , par ce ftratagême ,
Rendra bientôt votre cœur captif.
Quoi que l'on dife , quoique l'on faffe ,
Il faut tomber dans les piéges d'amour ,
   Quand il tend fa naffe ,
   Chacun s'y prend à fon tour.

Pour prendre de jeunes fillettes ,
Les bons appas font des fleurettes ,
Un ruban , un bouquet , un ponpon :
Quand ces poiffons ont plus de force ,
On n'en prend point à cette amorce ,
Mais il faut bien dorer l'hameçon.
   Quoi que l'on dife , &c.

Voulez-vous prendre une coquette
Ce poiſſon vient ſans qu'on le guette,
Mais il faut de l'éclat, du bruit.
La prude ſe pêche en eau trouble.
Qu'en ſecret, votre ſoin redouble,
Un rien l'effraye, & le jour vous nuit.
  Quoique l'on diſe, &c.

L'Amour eſt un Pêcheur habile
Aux champs, à la Cour, à la ville,
Tout vient ſe rendre dans ſes filets.
Et l'on y voit en abondance
Les gros brochets de la finance,
Et le fretin des petits Colets.
  Quoi que l'on diſe, &c.

Fin du ſecond Acte.

ACTE III.

Le Théâtre repréfente les Jardins du Sérail, avec un Pavillon dans l'enfoncement.

SCENE PREMIERE.

ACHMET, ALMANZINE, *un mouchoir à la main.*

ACHMET.

Air: *Quoi toujours on s'écrira.*

Mon malheur eft donc certain!
Ah ! funefte image !
Si j'en croyois mon courage,
J'irois rompre fon deffein.

ALMANZINE.

Oui, dans le même inftant,
L'amoureux Soliman,
Du ton le plus preffant,
M'exprimoit fon tourment.
Il veut que dès ce jour,
   Un doux retour
Avec lui m'engage.

ACHMET.

Cruelle, n'achevez pas,
Vous m'accabiez, hélas !
Je vois que fans remord,
Cedant à fon tranfport...
Et moi.. Non, plutôt la mort
Terminera mon fort.

ALMANZINE.

Imprudente !
J'ai caufé notre malheur,
J'ai trop flatté fon ardeur.
Il eft trompé par cette erreur,
Et fon cœur,
Me croit moi-même impatiente,
Enivré de cet efpoir,
Il fe fait un devoir
De vaincre ma froideur
Et ma rigueur.

ACHMET.

Je frémis, quel coup pour une ame conftante !
Almanzine, je le voi,
Ne peut plus être à moi,
Un autre aura fa foi.

ALMANZINE.

Air : *Pour jamais à ma Thémiré.*

Connoiffez mieux Almanzine,
Son cœur eft à vous.
Quelque fort qu'on me deftine,
Je brave fes coups,

Oui, fi le Sultan s'obftine...
    Dans cet embarras,
    Le trépas, le trépas
    Ne m'épouvante pas.

ACHMET.

Air : *L'Amour eft ma maladie.*

A votre deffein funefte,
Mon défefpoir applaudit.
C'eft le feul parti qui refte
A l'amour qui nous unit.
Délivrons-nous d'efclavage;
A Soliman faifons voir,
Que nous avons un courage
Qui furpaffe fon pouvoir.

ALMANZINE.

Air : *Contre un engagement.*

Quand mon cœur fe promet
Des jours dignes d'envie,
Faut-il donc, cher Achmet,
Que je vous fois ravie !
Dieux ! quelle tyrannie !
O fort trop inconftant !
Le bonheur de ma vie
N'a duré qu'un moment.

SCENE II.

ACHMET, ALMANZINE, PIERROT.

PIERROT.

DE la joie ! de la joie ! il y a une heure que je vous cherche pour...

Air : *Que Dieu béniffe la befogne.*

Mais quoi ? vous avez l'air boudeux !
Que diantre avez-vous donc tous deux ?
A vous voir l'un & l'autre, il femble
Que vous foyez las d'être enfemble.

ALMANZINE, *foupirant.*

Ouf...

Air : *J'ai paffé deux jours fans vous voir.*

Nous fommes perdus, mon enfant !
Pour nous, plus d'efperance.

PIERROT.

Le Grand Seigneur a-t-il eu vent
De notre manigance ?

ACHMET.

Je perds Almanzine ce foir !

PIERROT.

Elle a donc reçu le mouchoir ?

ACHMET.

C'eft ce qui nous défefpere.

PIERROT.

Air : *Attends donc, Colin, tu me blesse.*

Eloignez de vous, la tristesse :
Dans ces lieux vous ne serez pas long-tems.
Ah, ah, ah, je prétends
Vous enlever à sa Hautesse ;
Ah, ah, ah, je prétends
Vous sauver dans quelques instans.

ACHMET.

Ah ! Pierrot ! ès-tu fou ?
La chose n'est pas possible ;
Ah ! Pierrot ! ès-tu fou ?
Comment sortir, & par où ?

PIERROT.

Non, non, non, Seigneur Achmet,
Vous verrez que mon projet
Est infaillible.

ACHMET et ALMANZINE.

Ah ! Pierrot ! ès-tu fou ?
Comment sortir, & par où ?

PIERROT.

Donnez vous la patience de m'écouter. Après la fête que le Sultan a donné tantôt, je suis demeuré seul au balcon, d'où j'ai apperçu un pêcheur de mon pays & de ma connoissance, nommé Arlequin. Je l'ai appellé.

Air : *Pierrot revenant du Moulin.*

A ma voix il ma reconnu... (*Bis.*)
Et m'a crié comme un perdu :
  Pierrot.
J'ai dit : paix, ne dit mot !
Ne nomme point Pierrot.

Arlequin, çai-je fait tout bas, veux-tu faire ta fortune ? Belle demande ! de quoi s'agit-il ? La nuit s'approche, lui ai-je dit. Va vîte chercher une échelle
de corde, & reviens sous le balcon. Je ne t'en dis
pas davantage. Mais peut-on compter fur ta parole ?
Voici ce qu'il m'a répondu :

  Air : *Amis, fans regreter Paris.*

Me prends-tu donc pour un coquin ?
 Oui, mon cher, ou je meure,
 Tu retrouveras Arlequin,
 Ici, dans un quart d'heure.

   A L M A N Z I N E.
O ciel ! puis-je croire ce que j'entends !]
   A C H M E T.
Bon ! ce pêcheur fera des réflexions, il ne re-
viendra pas.
   A L M A N Z I N E.
Hé pourquoi ne voulez-vous pas qu'il revienne !
   P I E R R O T.
Vraiment, il est déja revenu, & m'a tendu avec
une longue perche, une échelle de cordes, que je
viens d'attacher aux barreaux du balcon.
     A L M A N Z I N E.

ALMANZINE.

Air : *N'oubliez pas votre houlette.*

Ah! quelle heureuse découverte!
Alerte!
Sauvons nous de ces lieux.

ACHMET.

Hélas! nous n'en ferons pas mieux!
Nous ne pouvons fuir notre perte.

ALMANZINE, *prenant*
Achmet par la main.

Ah! quelle heureuse découverte!
Alerte!
Sauvons-nous de ces lieux.

PIERROT.

Oui, ne perdez pas un moment. Je vais rester ici,
moi, pour faire accroire au Sultan que... Mais j'entends venir quelqu'un. Décampez au plus vîte...(*Seul.*)
Qui sont ces personnes qui s'avancent? Ho, ho! ce
sont deux Sultanes qui prennent le frais..Elles viennent
à moi. Tenons-nous bien sur nos gardes. Allons,
Pierrot, de la fermeté!

F

SCENE III.

PIERROT, ROXANE, ARROYA.

ROXANE.

Air: *Blaife revenant des champs.*

Grosse mere, dites-nous,
   N'eft-ce pas vous...   (*Bis.*)
Qui d'Attalide aux yeux doux
   Etes la nourrice?

PIERROT.

A votre Service...   (*Bis.*)

ARROYA, *riant.*

Ha, ha, ha, ha, ha.

ROXANE.

Air: *L'autre nuit j'apperçus en fonge.*
De votre obligeant miniftere,
Allez, je me pafferai bien.

PIERROT.

Vous ne devez jurer de rien:
Je fuis propre à plus d'une affaire.
Vous croyez que je ne m'entends
Qu'à bercer de petits enfans.

ARROYA.

Vous êtes une réjouie, à ce qu'il me paroît.

PIERROT.

Je vous en réponds.

Air : *Je vais toujours le même train.*

Je ris, je saute à tout moment,
Je suis toujours en mouvement,
Et les fillettes, par ma foi,
    Se plaisent avec moi.
Je leur tiens de joyeux propos,
Je leur chante des airs nouveaux,
    Je leur parle d'amour
    Tant que dure le jour;
Et l'on me voit le lendemain
Recommencer le même train.

ROXANE.

Quel aimable caractère! sa gaieté me charme.

PIERROT, à Roxane.

Ah! petite bouchonne, que je... (*A part.*) Tout beau, Pierrot.

ARROYA.

De quel pays êtes-vous, ma bonne?

PIERROT.

Je suis Françoise, de la Banlieue de Paris.

ROXANE.

On dit que c'est un bon pays pour les femmes.

PIERROT.

Admirable.

Air : *Allons gai d'un air gai.*

Dans ce beau territoire,
Elles gouvernent tout;
Les hommes s'y font gloire
De suivre en tout leur goût,
D'un air gai, toujours gai.

ROXANE.

Air : *Ah! qu'il fait bon là.*

Heureuſes mortelles !
O pays charmant !
ARROYA.
Ce climat, des Belles,
Eſt donc l'élément ?
PIERROT.
C'eſt à qui leur pourra faire,
Laire, lon lan la,
Les doux yeux & bonne chere:
ROXANE ET ARROYA.
Ah! qu'il fait bon là.

PIERROT, *à Arroya.*

Il ne feroit pas moins bon ici, ſi l'on vouloit ; car
je ſuis un... (*à part, ſe donnant un ſoufflet.*) Taiſez-
vous, Pierrot.

ROXANE.

Mais les hommes de France ont la réputation d'être
bien volages.

PIERROT.

Ce n'eſt pas ſans ſujet.

Air : *Ma mere mariez moi.*

Rarement un cœur François
File l'amour plus d'un mois ;
Mais devient-il inconſtant,
Sa maitreſſe ſçait le payer comptant ;
Mais devient-il inconſtant,
Sa maitreſſe en fait autant.

ARROYA.

Cela eſt bon pour les filles; mais je crois que les femmes n'ont pas ſi beau jeu.

PIERROT.

Oh! elles ont bien d'autres franchiſes! une femme jouit d'une entiere liberté.

Air : *Le maitre fou que voilà.*

Souvent on la courtiſe
Aux yeux de ſon époux;
Si le grimaud s'aviſe
D'en paroître un peu jaloux,
Tout le monde s'écrie;
Ha, ha,
La plaiſante manie
Le maître ſot que voilà,

ARROYA.

Air : *O reguingué, ô lon lan là.*

Ah l'excellent, le bon pays!
ROXANE,
Pour avoir de ces bons maris,
Que ne ſommes nous à Paris!
PIERROT.
Vous y feriez bien plus heureuſes;
N'y fuſſiez-vous que Procureuſes.

Il n'y a pas juſqu'aux villageoiſes qui ne ſe reſſentent de la bonté du terroir.

Air: *Il faut pour bien faire l'amour,*

On voit fans cesse fur leurs pas,
Guillot, Colinet & Lucas,
Qui font tour-à-tour leurs amans.
  Nos moindres payfannes
Ne voudroient pas donner leur tems
  Pour celui des Sultanes.

ARROYA,

Elles ont bien raifon,

PIERROT.

Je vais vous dire une chanfon de mon village, qui vous fera voir la vie joyeufe que menent les payfans avec leurs femmes,

Air: *Je nous gauffons.*

Je nous gauffons de l'air du tems,
Michelle & moi, moi & Michelle;
Qu'il pleuve, qu'il vente, ou qu'il gele,
Je prenons nos contentemens.
Pour nous réchauffer la poitrine,
Je boutons pinte fur chopine;
Et puis quand je fomme bien faous,
  Oh dam'! je badinons,
  Et puis je folâtrons,
  Et puis je nous baifons;
Enfin tant y a, que je rions. (*Il rit.*)
    Comme des foux,
    Comme des foux.

ROXANE.

Chut! voici de la lumiere. Soliman vient ici. Adieu, nourrice.

PIERROT, *seul.*

Le cœur me bat. Retirons-nous un moment pour nous remettre, & nous préparons à jouer notre perfonnage.

SCENE IV.

SOLIMAN, ALI.

SOLIMAN.

Que dis-tu, Ali, de la réfiftance d'Almanzine?
ALI.

Air : *Une fille fans ami.*

Je dis que dans fon tendre cœur, (*bis.*)
Contre la févère pudeur,
Le folâtre amour lute ;
Et qu'il ne tient qu'à vous, Seigneur,
De finir la difpute.

SOLIMAN.

Air : *Oh que fi, oh que nenni.*

Oui, mais je crois, cher Ali,
Qu'elle ne fera pas contente
De mon ardeur trop preffante.

F iv

ALI.

Oh, que fi !

SOLIMAN.

Je vais de cette inhumaine
Augmenter pour moi la haine.

ALI.

Oh ; que nenni !

SOLIMAN.

'Ah ! fi tu avois vû tantôt jufqu'à quel point elle
s'eft révolté contre mon impatience ! Quel torrent
de larmes elle a répandu !

ALI.

Air : *Branle de Metz.*

Vous connoiffez mal la belle,
Ses pleurs doivent vous flatter.
Elle ne veux réfifter
Que pour mieux vous coeffer d'elle.
Elle irrite vos defirs,
En vous paroiffant cruelle ;
Elle irrite vos defirs
Pour redoubler vos plaifirs.

SOLIMAN.

Tu me raffures mon ami ; je vais donc ceder à mes
tranfports. Je cours, je vole chez Almanzine. (*En*
cet endroit on entend les cris de Pierrot qu'on ne voit
pas.) Mais que fignifient les cris que nous entendons?

SCENE V.

SOLIMAN, ALI, PIERROT.

PIERROT, *dans le lointain.*

Air : *Le long de ce rivage.*

QUEL sujet de tristesse!
O jour malencontreux!
Pour Soliman quel coup affreux!
Que dira sa Hautesse,
Apprenant le sort malheureux
De sa pauvre maitresse!

SOLIMAN.

Qu'y a-t-il donc, nourrice ?

PIERROT.

(*Il court comme un fou de tous côtés, sans faire sem-blant de voir ni d'entendre le Sultan.*)

Hélas ! comment puis-je être encore en vie, après ce que je viens de voir de mes deux yeux.

SOLIMAN.

Quel sujet as-tu de t'affliger ainsi?

PIERROT.

Ah! ah! ah! Je n'en puis plus!

A L I, *arrêtant Pierrot par le bras.*

Mais, ma bonne, vous ne prenez pas garde que le Sultan vous parle.

PIERROT, *au Sultan.*

Je vous demande excufe, mon bon Seigneur ; tenez, c'eft que je fuis comme une troublée. Je ne vois pas ce que j'apperçois.

SOLIMAN.

Explique-toi.

PIERROT.

Almanzine... ahi !... Attalide... ouf !...

SOLIMAN.

Hé bien, Almanzine ?...

PIERROE.

Elles fe font toutes deux... Je ne fçais comment vous dire cela.

SOLIMAN.

Air : *Paris eft en grand deuil.*

Finis donc fi tu veux.

PIERROT.

Ces Dames , toutes deux,
De douleur tranfportées,
(Souvenir trop amer !)
Du balcon dans la mer
Se font précipitées.

SOLIMAN.

O Dieux ! quelle nouvelle !

A L I.

Cela fe peut-il croire !

SOLIMAN.

Mais sçachons pourquoi elles se sont portées à cette
cruelle extrémité.

PIERROT.

Air : *Nanette au bois tout en sautant.*

Toutes les deux se désolant,
L'une disoit quelle disgrace!
Dans un sérail n'avoir que du tourment!
L'autre disoit : on me menace, on me menace.
C'est le Sultan,
Qui me poursuit, qui me pourchasse,
Ah le méchant! ah le méchant!

Air : *O reguingué, ô lon lan là.*

Nous allons le voir arriver!
Il vient pour me faire endever!
La peste le puisse crever!
Mais j'aime mieux perdre la vie,
Que de contenter son envie.

Air : *Etes-vous de Gentilly.*

Quoi toujours rester ici?
Vraiement ma commere ouí,
Quoi, lui céder la victoire!
Vraiement ma commere voire,
Vraiement ma commere oui.

Air : *A la mort de mon pere.*

Plutôt qu'on me réduise
Dans la captivité...
Plutôt que l'on maitrise
Ainsi ma volonté...
S'il n'est aucun moyen pour en sortir,
Eh bien, dit Almanzine, il faut mourir.

Air: *Très-volontiers, mon pere.*

J'approuve ce deſſein,
Lui replique Attalide;
Jettons-nous dans le ſein
De la plaine liquide.
L'autre répond ſoudain:
Très-volontiers, fort volontiers, ma chere ;
De ce lieu-ci
Jettons nous-y,
La tête la premiere.

Air: *Du haut en bas.*

Du haut en bas,
Auſſitôt chacune s'élance,
Du haut en bas,

SOLIMAN.

Ciel !

ALI.

Quoi, tu ne les retins pas?

PIERROT.

L'étonnement.... la circonſtance....
Ma pauvre tête étoit, je penſe,
Du haut en bas.

Air: *J'écoutois de-là ſon caquet.*

J'ai voulu les ſuivre ſoudain,
Mais dans une telle détreſſe,
Je me ſentois d'une foibleſſe,
J'ai crains de reſter en chemin.

SOLIMAN,

Air: *Le vin a des charmes puiſſans.*

Ingratte Almanzine ! ton cœur
M'a donc trouvé bien haïſſable,
Puiſqu'aux tranſports de mon ardeur
La mort te parût préférable !

SCENE VI.

SOLIMAN , ALI , PIERROT , ZERBIN.

ZERBIN.

LA ronde vient d'arrêter , fur le rivage, un Pêcheur conduifant deux femmes du Sérail qui fe fauvoient.

PIERROT , *à part.*

Ah ! me voilà flambé !

SOLIMAN.

Que me dis-tu , Zerbin !

ALI.

Qu'entends-je !

ZERBIN.

On a détaché un homme, pour venir annoncer ici cette nouvelle.

ALI.

C'eft Almanzine & Attalide.

SOLIMAN.

Quelle audace ! (*fe tournant vers Pierrot.*) Malheureufe ! tu m'as fait un faux rapport !

PIERROT , *fe troublant.*

Non , je vous jure, foi d'honnête femme.... Mais

c'eft qu'aparemment .... oui-dà .... quelque Pêcheur
les aura fecourues .... ce n'eft pas ma faute.

ALI, *au Sultan.*

Voyez comme elle fe trouble.

PIERROT.

Air : *Je ne fuis pas affez beau.*

Les voyant floter fur l'eau,
Ho, ho,
Le Pêcheur en diligence,
Leur a mené fon bateau.

ALI, *fe mocquant.*

Ho, ho !

PIERROT.

Mais j'y vois de l'apparence.
Leur panier a tant de circonférence,
Qu'il leur peut fort bien, je penfe,
Avoir fervi de radeau.

PIERROT & ALI.

Ho, ho, ho !

ALI, *au Sultan.*

Donnez-vous dans ce panneau ?

SOLIMAN.

La fcélérate ! tu vas recevoir le digne falaire de ta
fourberie.

PIERROT, *fe jettant aux pieds de Soliman.*

Air : *Nanon dormoit.*

Pardonnez-moi !
Seigneur, je fuis coupable ;
Mais, par ma foi,

Je fuis bien excufable.
Je vais de bout en bout,
Je vais (*trois fois*) vous informer de tout.

SOLIMAN.

Eh bien , parle ; mais fois fincere , fi tu veux exciter ma pitié.

PIERROT, *précipitamment.*

Vous fçaurez donc que ce matin , lorfqu'on a amené
Almanzine chez le Grand-Vifir , Achmet fon fils s'eft
d'abord amouraché d'elle , & elle de lui.

SOLIMAN.

Ah ! voilà donc la caufe de fa réfiftance !

PIERROT.

Amulaki eft venu vous la préfenter. Achmet, ne
pouvant fe paffer de la voir ; & fçachant que le Vifir
n'étoit pas bien aife qu'Attalide fût ici , s'eft fervi de
l'occafion pour faire confentir fon pere à une rufe qui
lui eft venue dans l'efprit.

ALI.

Fort bien.

PIERROT.

Le galand , voyant qu'on ne laiffe entrer dans le
Sérail que des femelles , a pris le parti de....

SOLIMAN , *l'interrompant.*

Je t'entends. Il a pris le parti de t'envoyer pour
difpofer l'enlevement.

PIERROT.

Mais, Seigneur, je veux vous dire qu'il a pris le parti de....

SOLIMAN, *l'interompant encore.*

C'est assez. Retire-toi d'ici.

(*Pierrot se retire. Soliman fait quelques pas en rêvant. Ali & Zerbin sont dans l'attente de la résolution qu'il va prendre. Il sort de sa rêverie, & dit à Zerbin.*)

Zerbin, va porter mes ordres à l'Aga. Dis-lui qu'il se rende avec trente Janissaires chez Amulaki, & qu'il m'amene tout-à-l'heure le Visir & son fils.

SCENE VII.

SOLIMAN, ALI.

ALI.

Air : *La fille de village.*

LA détestable race !
O Ciel ! vit-on jamais
Une pareille audace !
Les coupables sujets !
Je frémis, par avance,
Des tourmens rigoureux,
Qu'une juste vengeance
Garde à ces malheureux.

SOLIMAN.

SOLIMAN.

Mets-toi à ma place.

Air : *Le Démon malicieux & fin.*

Parle, Ali. De toi quel traitement ?
Recevroient l'ingrate & son amant ?

ALI.

Mon rival, ainsi que sa maitresse,
N'éprouveroient qu'un léger châtiment :
De l'Amour excusant la foiblesse,
Je les ferois étrangler seulement.

SOLIMAN.

Air : *Mathurin, mon compere.*

Et dis-moi quel supplice,
Trop équitable Ali,
Pourroit de ta justice
Attendre Amulaxi ?

ALI.

Pour le punir de sa double offense,
(Puisque vous m'ordonnez de parler,)
Je croirois montrer trop de clémence
Si je ne le faisois qu'empaler.

SOLIMAN.

Dans mon premier mouvement, peu s'en est fallu
que je n'aye été aussi cruel que toi ; mais la justice &
la raison m'ont parlé pour ces infortunés. Je ne vois
plus en eux des coupables.

G

Air : *La jeune Abbeſſe de ce lieu.*

Je ne vois , dans Amulaki ,
Qu'un pere à qui ſa fille eſt chere ;
Et dans Achmet , qu'un étourdi ,
Qu'un fol amour rend téméraire :
D'Almanzine , hélas ! j'aurois le cœur ,
S'il n'eût brulé d'une autre ardeur.

A L I.

Eh , pourquoi donc , Seigneur , les envoyez-vous
chercher avec main-forte ?

S O L I M A N.

C'eſt de peur qu'ils ne ſe dérobent par la fuite aux
bontés qu'ils n'ont garde de s'imaginer que j'ai pour
eux.

Air : *Vaudeville du nouveau monde.*

Je me fais un ſecret plaiſir
De rendre Attalide au Viſir ,
A ſon fils l'objet qui l'engage.

A L I.

Mais , Seigneur , vous ne ſçavez pas
Juſqu'à quel point tous ces ingrats
Peuvent vous avoir fait outrage.

S O L I M A N.

Eh , que peuvent-ils avoir fait de plus ?

A L I.

Je ne ſçais ; mais il me vient un affreux ſoupçon.

S O L I M A N.

Quoi ?

ALI.

Rappellez-vous toutes les inſtances qu'Almanzine
vous a faites, pour vous obliger à laiſſer auprès d'elle
Attalide. Souvenez-vous que la perfide, par une feinte jalouſie, vous a toujours empêché de voir la fille
du Viſir, cela m'eſt ſuſpect. Ne ſeroit-ce point Achmet
lui-même, ſous les habits de ſa ſœur ?

SOLIMAN.

Que me fais-tu penſer !

ALI.

Son pere peut lui avoir ſuggeré cet artifice.

SOLIMAN.

Air : *Le grondeur.*

S'ils avoient eu l'inſolence
De former un tel deſſein,
A ma juſte violence
Je ne mettrois aucun frein,
Oui, dans ma fureur extrême
J'aurois bientôt inventé
Des châtimens, dont toi-même
Tu ſerois épouvanté.

Mais non, tu te trompes. Ils ne ſçauroient avoir
pouſſé l'audace juſques-là.

ALI.

Je n'en ſçais rien.

SOLIMAN.

Voici Zerbin, nous allons être éclaircis de tout.

G ij

SCENE VIII.

SOLIMAN, ALI, ZERBIN.

ZERBIN.

LE Visir Amulaki ne s'eft point trouvé chez lui.
Mais, pendant qu'une partie des Janiffaires l'eft allé
chercher, l'autre vous a amené fon fils Achmet que
vous voyez.

(En même-tems Attalide entre habillé en homme,
fes cheveux cachés fous fon turban.)

SCENE IX.

SOLIMAN, ALI, ATTALIDE, *fous les*
habits d'Achmet.

SOLIMAN.

JE l'ai bien dit, Ali ; voici Achmet. Reconnois
l'injuftice de tes foupçons.

(Pendant que Soliman parle à Ali, Attalide fe
profterne en entrant ; & le Sultan ne jette les
yeux fur elle que quand elle eft courbée. Il lui
adreffe la parole :)

Air : *Je ne veux point sortir de mon caveau.*

Remettez-vous, baniffez la terreur ;
Heureux Achmet, que rien ne vous chagrine.
Remettez-vous, baniffez la terreur ;
Je ne fuis plus contre vous en fureur.
Loin de vouloir traverfer votre ardeur,
Js vous fais don moi-même d'Almanzine :
Loin de vouloir traverfer votre ardeur,
    Vous me devrez votre bonheur.

          (Il la releve en achevant le couplet.)

ATTALIDE.

Air : *Attendez à demain au foir.*

Dans l'erreur mon habit vous met,
    Je ne fuis point Achmet,   (*bis.*)
Et vous voyez en moi, Seigneur,
    Attalide fa fœur.   (*bis.*)

   (*En même-tems elle ôte fon turban, & laiffe tomber*
     fur fes épaules fes longs cheveux.)

SOLIMAN.

Dieux ? Quelle eft ma furprife !

ALI.

En voici bien d'un autre !

SOLIMAN.

Vous êtes la fille d'Amulaki !

ATTALIDE.

Elle-même. Ne me demandez point pourquoi je
fuis ainfi traveftie.

                                 G iij

Air : *Vous qui vous mocquez par vos ris.*

D'Achmet j'ai pris l'habillement ,
Par ordre de mon pere :
De mes habits pareillement
S'eſt revêtu mon frere.
De ce double déguiſement
J'ignore le myſtere.

ALI, *au Sultan , qui rêve profondément.*

Eh bien , Seigneur , me ſuis-je trompé dans mes
ſoupçons ? Vous n'en pouvez plus douter. Le Viſir
eſt l'auteur ou du moins le complice du crime de ſon
fils. Rien ne doit plus vous parler pour eux.

SOLIMAN.

AIR : *Le Seigneur Turc a raiſon.*

Mon trouble , dans ce moment ,
Eſt inconcevable.
Quel étrange mouvement !

ALI ; *à part.*

Leur perte eſt inévitable.

SOLIMAN.
Ali !..

ALI , *à part.*
Je les tiens pour morts.

SOLIMAN.

Ali!..

ALI, *haut.*

Suivez vos tranfports!

SOLIMAN, *montrant Attalide.*

Ali!.. Quelle eft aimable!

ALI, *à part.*

Ah! nous y voilà! Au diable foit l'amour.

SOLIMAN, *à Ali.*

Cours audevant d'Achmet & d'Almanzine, fais les conduire ici, mais qu'ils ignorent le fort que ma bonté leur prépare.

ALI, *s'en allant.*

J'enrage!

SCENE X.

SOLIMAN, ATTALIDE.

SOLIMAN.

AIR: *Plus inconstant que l'onde & le nuage.*

DE vos apas connaiffez la puiffance.
Votre triomphe , Attalide , eft parfait.
Votre pere envain m'offenfe,
Envain je vois fon forfait,
Et l'infolence
Du jeune Achmet:
L'amour , qui, dans mon cœur,
Subitement a pris naiffance ,
N'y laiffe point de place à la fureur.

ATTALIDE, *étonnée.*

Qu'entends-je !

SOLIMAN.

Apprenez leur crime. Je vous ai demandée à votre
pere. Il m'a produit une Efclave fous votre nom : j'ai
reconnu fa tromperie; je la lui ai pardonnée; & il a
eu la hardieffe de me tromper une feconde fois, en
m'envoyant fon fils fous vos habits.

ATTALIDE.

O dieux !

SOLIMAN.

AIR : *Si ma Philis vient en vendange.*

Vous voyez bien que ma justice
Devroit punir leur trahison :
Votre déguisement demande leur supplice
Mais vos beaux yeux demandent leur pardon.

ATTALIDE, *confuse.*

AIR : *Quel mystere.*

Puis-je croire
Qu'en effet, j'ai pu remporter
Cette victoire ?
Quelle gloire !
Mais n'est-ce point trop me flatter ?

SOLIMAN.

Oui vos attraits
M'enchaînent pour jamais.
Couronnez les vœux de mon ame.
A ma flamme
Dès ce jour
Accordez un doux retour.

ATTALIDE.

Puis-je croire,
Qu'en effet j'ai pu remporter
Cette victoire ?
Quelle gloire !
(*En soupirant.*)
Hélas ! je n'ose m'en flatter.

SOLIMAN.

AIR : Quand je vous ai donné mon cœur.

Belle Attalide, ce soupir
A'larme ma tendresse.
Est-il causé par le plaisir ?
Où vient il de tristesse ?
Parlez, décidez de mon sort ;
Donnez-moi la vie ou la mort.

ATTALIDE.

AIR : Mon amant me serre la main.

Hé comment
Pourroit-on soupirer tristement
Quand un amant
Est charmant.
Et qu'il promet d'aimer constamment !
La Couronne
Du Monarque Ottoman,
Plait moins que sa personne :
Ce n'est point au Sultan
Qu'Attalide se donne,
C'est à Soliman.

SOLIMAN, *lui baisant la main.*

Ah ! divine Attalide ! Ces paroles achevent mon
bonheur.

SCENE XI.

SOLIMAN, ATTALIDE, ACHMET.
ZERBIN, *Almanzine un peu à l'écart.*

ZERBIN.

SEIGNEUR vous voyez le fils du Vifir.

ACHMET.

AIR : *Je ne veux point troubler votre ignorance.*

Je ne viens point , en excufant mon crime ,
Chercher ; Seigneur, à prolonger mes jours.
Mais ne prenez qu'une feule victime ;
N'immolez pas l'objet de vos amours.

SOLIMAN, *affectant de la févérité.*

AIR : *Menuet de Monfieur Grandval.*

Son fort au tien fera femblable,
Et votre fupplice eft tout prêt.
(*Montrant Attalide.*)
Voilà le juge redoutable
Qui va prononcer votre arrêt.

ACHMET.

O ciel ! en croirai-je mes yeux ! C'eft Attalide.

ATTALIDE, *à son frere.*

AIR : *Quand le péril est agréable.*

Du chatiment qu'on vous destine ,
Je vais vous informer , Achmet.
Notre bon Sultan vous permet ,
D'épouser Almanzine.

ACHMET, *se jettant au pied de Soliman.*
Quel excès de bonté !

D U O.

ACHMET ET ALMANZINE.

AIR : *Elle m'aima cette belle Aspasie.*

Vous contentez , Seigneur votre justice.
Ce noble trait pénétre notre cœur.
Et le remord cause notre supplice ,
Quand vous daignez faire notre bonheur.

SOLIMAN.

J'éprouve trop bien aujourd'hui le pouvoir de
l'amour , pour n'en pas excuser les effets.

SCENE XII.

SOLIMAN, ATTALIDE, ZERBIN, PIERROT, ARLEQUIN.

ARLEQUIN, *dans le lointain tenant Pierrot à la gorge.*

C'EST toi, maudit Pierrot! c'est toi qui m'a débauché!

PIERROT.

Eh, misérable! Dis plutôt que c'est l'intérêt. Il faut que je t'assomme!

(Il lui donne des coups de poingt dans l'estomac.)

ARLEQIN, *le secouant.*

Il faut que je t'étrangle!

ZERBIN, *les séparant.*

Mais, vous n'y pensez pas.

SOLIMAN.

Qu'est-ce que c'est donc que cela?

PIERROT.

C'est un coquin fieffé!

ARLEQUIN,

C'est un maître fripon.

PIERROT.

Un pendard, qui pêche, fous le balcon, les perles & les diamans de vos filles.

ARLEQUIN.

Un gaillard qui s'eft mis en femme pour venir les cajoler à votre barbe.

ZERBBIN.

Paix, paix, paix! (*Au Sultan.*) Seigneur, ordonnez leur châtiment.

SOLIMAN.

AIR: *Baniffons d'ici l'humeur noire.*

Je pardonne à ces deux coupables.
Qu'on les remette en liberté,
Je ne fais point de miférables,
Le jour de ma félicité.

PIERROT.

Ah ! Le brave Sultan ?

ARLEQUIN.

Je ne me poffédé pas !

(*Ils fautent tous deux au cou du Sultan, Zerbin les fait retirer.*)

ZERBIN.

Retirez-vous, maroufles.

SOLIMAN.

Que tout le férail fe réjouiffe, & célébre cette heureufe journée.

ZERBIN.

Ali a prévenu vos desirs. Il a préparé une mascarade pour divertir Attalide.

SOLIMAN.

Il est bon courtisan.

CHŒUR.

AIR : *Chantons les matines de Cythere.*

Chantons les bienfaits qu'Amour dispense,
Ses plus doux liens vont nous unir.
Ces lieux embellis par sa présence
Verront sur ses pas naître le plaisir.]

SOLIMAN ET ATTALIDE.

Mon cœur en cédant à sa puissance,
Met à vous aimer tout son bonheur.
Puissai-je en vos yeux voir l'assurance
Que rien n'en pourra troubler la douceur.

CHŒUR.

Chantons, &c.

ACHMET ET ALMANZINE.

L'objet qui nous a coûté des larmes
Semble devenir encor plus cher.
La tendresse croît par les allarmes,
Et fait oublier ce qu'on a souffert.

CHŒUR.

Chantons, &c.

(*On danse.*)

Fin du troisieme & dernier Acte.